Titelbild:
Willi, Dölfchen, Berni

Familie Mehring mit den 4 Kindern:
Vater Wilhelm, Mutter Toni,
ganz links lehnt sich Berni an die Mutter, rechts
drückt sich Helmi an sie, dahinter stehen Willi und
‚Dölfchen‘.
Das Foto entstand 1927 im Garten des Hauses
‚An der Maarbrücke 66‘.
Dölfchen war 5 Jahre alt.

Das Haus an der Maarbrücke existiert noch.

Lebensbilder Adolf Mehring

*7. 7. 1922
+1. 11. 2009

aufgeschrieben von
Carola Mehring

Vorwort

Dieses Buch ist in erster Linie für Felix und Charlotte Schlegel und für Maya, Sofia und Hugo Zohari und für Sajan und Miljan Mehring geschrieben.
Der Opa bzw. Uropa ist nun seit 2009 tot.

Manchmal hat er etwas ‚von früher' erzählt, nicht so häufig wie eure Oma. Das lag zum einen sicher daran, dass er nicht derjenige war, der sich gerne in den Mittelpunkt stellte, zum anderen lag es an der Geschichte seiner Kindheit. Aber das werdet ihr in diesem Buch erfahren.

Auch seine Jugend verlief nicht so, wie man sich eine schöne Jugend vorstellt.

Doch es gab auch gute Zeiten in Opas Leben. Ich glaube, dass er in den letzten Jahren zufrieden auf seine Zeit zurückgeblickt hat.

Euch – Charlotte und Felix – hat er sehr geliebt, immer wieder kreisten seine Gedanken um euch.
Auf dich – Maya – hat er sich sehr gefreut, er wäre so gerne Uropa geworden. Doch genau einen Monat vor deiner Geburt ist er gestorben.

Doch nun soll von seinem Leben die Rede sein!
Es begann alles damit, dass Wilhelm Mehring
(*16.9.1886) sich in Antonie Bree (*1.7.1891) verliebte.

Er schickte ihr verrückte
Bilder, die er selber in der
Dunkelkammer entwickelt
hatte, er war nämlich ein
begeisterter Fotograf.

So sieht man auf diesem Bild, wie ihm seine geliebte Toni beim Lesen eines (Liebes-)briefes im Zigarrenrauch erscheint!
Damals (1917) stand auf den Packungen noch nicht: ‚Rauchen kann tödlich sein!' Deswegen wird sie ihn auch nicht wegen der wahnsinnigen Qualmwolke ausgeschimpft haben.

Die Hochzeit fand am 17.3.1917 statt, mitten im 1.Weltkrieg. Wilhelm war beim Württembergisch-Hohenzollerschen schweren Fußartillerie-Regiment in Breisach stationiert.

Ob das Hochzeitsfest mitten im Krieg sehr fröhlich und üppig war?

Am 27.8.1919 kam das erste Kind zur Welt: Ein Junge. Er wurde, wie es damals so üblich war, genauso genannt wie der Vater – Wilhelm.

Gerufen wurde er aber nur: **Willi**.

Am 10.9.1920 kam das zweite Kind zur Welt: Wieder ein Junge. Er wurde, wie es damals so üblich war, nach dem Großvater benannt: Bernhard.

Genannt wurde er aber nur: **Berni**.

Am 7.7.1922 kam das dritte Kind zu Welt: Abermals ein Junge. Er wurde, wie es damals so üblich war, auf den Namen seines Patenonkels getauft: Adolf.

Genannt wurde er aber in Kindertagen: **Dölfchen**.

Am 1.4.1925 kam das vierte Kind zur Welt: Endlich ein Mädchen! Es bekam, wie es damals so üblich war, die Vornamen der Eltern: Wilhelmine Antonie.

Zum Glück war man bei der Wahl der Kosenamen etwas fantasievoller als bei der Wahl der offiziellen Namen: Alle nannten das kleine Mädchen: **Helmi**.

Vater Wilhelm machte die Meisterprüfung als Malermeister und bekam eine gute Stelle beim Bochumer Verein. In seiner von ihm geleiteten Abteilung arbeiteten ungefähr 100 Leute. Die Familie hatte ihr gesichertes Auskommen. Man züchtete auch noch Hühner und Kaninchen, so dass sonntags immer Fleisch auf den Tisch kam.

Außerdem waren die Kinder gut gekleidet und hatten Spielzeug – wie man auf den wenigen erhaltenen Fotos sieht.

Dölfchen 1925

Helmi 1929

Den Meistern vom Bochumer Verein stand eine Meisterwohnung zu, die Familie zog also von der Maarbrücke zur Wörthstraße 39 (heute Ursulastr.). Die Mutter von Vater Wilhelm zog mit, sie war schon über 70 Jahre alt und ganz früh Witwe geworden. Sie hatte fast kein eigenes Geld. Sie bezog nur eine winzige Rente, weil ihr künstlerisch begabter Sohn August am 1.Tag des 1.Weltkrieges gefallen war. Sohn Wilhelm sorgte jetzt für sie. Es muss allerdings für seine Frau Toni nicht immer einfach gewesen sein, mit der alten Mutter ihres Mannes klarzukommen.

Zur Kirche ging man von der Wörthstraße aus in die Antoniuskirche. Das war nicht weit, sicherlich zur Freude aller. Der Weg von der Maarbrücke bis nach Hamme muss nämlich mehr so ein Sonntagsmarsch gewesen sein.

Die Kinder besuchten die Volksschule an der Henriettenstraße.
1928 war ‚Dölfchen' schon mit 5 Jahren in die Schule gekommen, eine Freundin der Mutter, eine Lehrerin, hatte es empfohlen. Er lernte schnell und gut, er liebte die Schule. Nur eine Lehrerin war verhasst,

sie schlug die Kinder, den Jungen auf den Po,
den Mädchen mit dem Rohrstock auf die Hand.

Der Familie ging es gut, aber für exotische Dinge
reichte es bei der großen Familie natürlich nicht.
So etwas gab es bei Tante Mimi. Tante Mimis Mann
hatte ein Radio-Geschäft! Und Tante Mimi hatte
Bananen gekauft! Man gab dem kleinen Jungen eine

Tante Mimi Rürup
Schwester von Mutter Toni

Onkel Heinz Rürup

Banane und – wie das bei Erwachsenen oft so ist - erzählte man sich die neuesten Neuigkeiten. Niemand achtete auf das artige Kind. Das artige Kind saß völlig verzweifelt mit dieser gelben gebogenen Frucht da. Was tun?

In einen Apfel konnte man hineinbeißen, in eine Birne konnte man hineinbeißen, dann würde das jetzt bei einer Banane wohl auch so sein.

Pfui Deibel! Zum Glück bemerkte Tante Mimi noch rechtzeitig den Fehler!!

Der Bruder von Mutter Toni war Schiffsschreiner und lebte natürlich in einer Stadt mit einem Hafen: Emden. Wenn er wieder anheuerte, verschwand er natürlich von heute auf morgen aus Emden und fuhr in eine fremde, abenteuerliche Welt. Das war für die biederen, sesshaften Bochumer natürlich äußerst suspekt, und so haftete diesem Bruder der Ruf eines Hallodris an.

Er dachte aber auf seinen Reisen wohl auch an seine Schwester in Bochum. Eines Tages kam ein Brief aus ‚Übersee', ein Paket mit Kaffee würde bald eintreffen, sie solle aber die Bohnen **gut** durchsuchen!

Einige Zeit später ging tatsächlich die Aufforderung vom Zollamt ein, man möge ein Paket aus Übersee in Empfang nehmen. Mutter Toni eilte mit klopfendem Herzen zum Zollamt, das Paket wurde geöffnet, der Zollbeamte ließ die Kaffeebohnen durch seine Finger rieseln... alles in Ordnung! Mutter Toni konnte den Kaffee mit nach Hause nehmen. Zuhause wurden alle Bohnen auf den Tisch geschüttet – und siehe da – zwischen den Kaffeebohnen befand sich ein Fingerring für Toni!

Dreifache Freude:

- Kaffee
- ein Ring
- dem Zoll ein Schnippchen geschlagen!

Einmal im Jahr organisierte Vater Wilhelm für seine Familie einen Ausflug:

Man spazierte zum Haus Rechen!

Das war nicht weit entfernt, das kleine Rittergut lag da, wo heute die Kammerspiele stehen.

Im Haus Rechen befand sich ein Heimatmuseum. Dölfchen war begeistert. Besonders die Räume, die so eingerichtet waren ‚wie früher', hatten es ihm angetan. Er konnte sie bis zum Ende seines Lebens sehr genau beschreiben. Ein weiterer Höhepunkt

dieser Ausflüge war, dass jedes Kind ein Eis bekam!
Offensichtlich waren es Eisbecher. Ob sie in der
Fantasie immer größer und opulenter geworden sind?

Helmi kam 1931 in die Schule, auf dem Foto sieht man
ein kleines, ernst blickendes Mädchen mit einer – für
unsere Begriffe – bescheidenen Schultüte. Außerdem
trug sie nach der Mode der Zeit eine blütenweiße
Schürze und hohe Schnürschuhe.

Doch auf die Familie Mehring wartete der erste
Schicksalsschlag. Helmi sollte nie ins 2.Schuljahr
kommen.
Sie erkrankte an Diphtherie, einer hoch ansteckenden,
lebensgefährlichen, bakteriellen Infektionskrankheit.
Daran starb sie am 15.1.1932 und wurde auf dem
Blumenfriedhof beerdigt.

15

In diesem Jahr sollten noch mehr schreckliche Dinge passieren. Die Mutter erkrankte an Tuberkulose.

‚Dölfchen', der inzwischen sicherlich ‚Adolf' genannt wurde, sollte nach dem Willen seines Lehrers Brockmann eine höhere Schule besuchen. Vater Wilhelm sträubte sich:

1. Zuhause lag seine kranke Frau, die eine lebensgefährliche Krankheit hatte und sich von dem Schicksalsschlag, dass ihre kleine Helmi gestorben war, nicht erholen konnte.

2. Das Schulgeld! Es betrug für die Mittelschule 10 Reichsmark und für ein Gymnasium 20 Reichsmark im Monat! Das konnte sich auch ein Meister mit 3 Kindern und einer alten, bedürftigen Mutter nicht erlauben. Lehrer Brockmann wollte ein Stipendium besorgen, doch so ein Stipendium galt nur für ein Jahr. Was sollte dann werden?

   Also blieb Adolf in der Volksschule. Ob er darüber enttäuscht war, hat er später nie erzählt. Rückblickend glauben wir Kinder schon, dass es eine große Enttäuschung war, denn er hat alles darangesetzt, dass seine Kinder zum Gymnasium gingen.

Auch die Krankheit der Mutter verlief tödlich. Sie starb am 21.9.1932. Drei Tage später war die Beerdigung. Schwarze Pferde mit schwarzen Decken zogen den Leichenwagen mit dem Sarg vom Haus in der Wörthstraße durch den Griesenbruch/Stahlhausen über die Alleestraße wieder zum Blumenfriedhof.
Für den 10-jährigen Jungen muss diese Beerdigung ein Albtraum gewesen sein.

Die letzte Fahrt. 24. 9. 32.

Vater Wilhelm heiratete im Jahr darauf Adele Elsche.
Sie brachte ihre Tochter Waltraud mit in die
Wörthstraße. Es wird vermutlich eine
‚Versorgungsehe' gewesen sein, beide Ehepartner
wussten sich und ihre Kinder ‚versorgt'.
Adele wurde wahrscheinlich von den Mehringschen
Jungen nie ‚Mutter', sondern immer nur ‚Adele'
genannt.
Adolf gewöhnte sich an Adele und kam gut mit ihr aus,
Berni nie so richtig.

Und so trug sich folgende Geschichte zu:
Es muss Sommer gewesen sein. Adele flickte und
stopfte am offenen Fenster und genoss dabei den
Ausblick in den Garten. Adolf war ebenfalls hier,
vielleicht spielte er, vielleicht macht er noch
Hausaufgaben. Berni und Willi waren draußen.
Auf einmal tauchte Bernis Kopf im Fensterrahmen auf,
Willi hatte ihn ein bisschen geärgert. Adele schickte
ihn weg. Ein paar Minuten später tauchte Bernis Kopf
schon wieder im Fensterrahmen auf, Willi hatte ihn
schon wieder gezärgert. Adele schickt Berni wieder in
den Garten. Kurze Zeit später tauchte Bernis Kopf ein
drittes Mal im Fensterrahmen auf. Bevor er seinen
Mund öffnen konnte, um Willis Sticheleien kundtun zu

können, riss Adele ihren Schuh von den Füßen und warf ihn auf Berni! Rechtzeitig duckte der sich und verschwand im Garten. Ein viertes Mal erschien er nicht im Fensterrahmen, er hatte verstanden!

(Übrigens hat Berni *seinen* Kindern diese Geschichte nie erzählt!)

Aber auch die Oma war vor den 3 Jungen nicht sicher. Die Brüder hatten den Plan, eine Seilbahn zu bauen. Irgendwie hatten sie mit Elementen aus einem Konstruktionsbaukasten eine Gondel erstellt, doch nun sollte die Gondel auch an einem Seil heruntergleiten. Das eine Ende band man an der Türklinke fest... und das andere Ende? Da half die Gipsfigur des hl. Antonius, den die Oma sehr verehrte. Die Figur wurde auf den Schrank gestellt und um seinen Hals das Seil gebunden. Die Gondel konnte losfahren! Wahrscheinlich fuhr die Seilbahn unter dem Gejubel der Jungen mehrere Male reibungslos von der Nasenspitze des Heiligen bis zur Türklinke. Doch dann wollte wohl ein Erwachsener mal nach dem Rechten sehen, zog die Tür auf... und der heilige Antonius stürzte vom Schrank! Die Gipsfigur zerbrach und die

Oma war untröstlich. Vater Wilhelm soll allerdings nicht doll geschimpft haben…….

Alfons Brockmann mit seiner Klasse

Ostern 1936 war die Schulzeit für Adolf beendet. Er war erst 13 Jahre alt.
Vater Wilhelm hatte einen genialen Plan:
Willi sollte Anstreicher und Stuckateur werden,
Berni ging in die Lehre zu einem Rechtsanwalt,
er sollte Bürokaufmann werden,
Adolf sollte Klempner werden. Das Ziel war eine Firma
– nach dem heute modernen Motto:
Alles aus einer Hand!

Adolf ging auch brav einige Tage zu einem Klempner, um diesen Beruf zu lernen, doch er merkte schnell, dass das nichts für ihn war. Er war zwar handwerklich geschickt, aber er wollte es einfach nicht!
Zu allem Unglück waren natürlich zu diesem Zeitpunkt alle Lehrstellen vergeben!
Jetzt passierte etwas Ungewöhnliches:
Adolf durfte die verhasste Lehre abbrechen.
Es gab zwar ein Kurssystem für Jungen, die keine Lehrstelle hatten, aber es hieß natürlich trotzdem, dass er ein Jahr zuhause blieb, ohne den – wenn auch geringen – Lehrlingslohn!
Tat es Vater Wilhelm nachträglich leid, dass er nicht auf den guten Rat von Lehrer Brockmann gehört hatte?

Ein Jahr später – jetzt 14 Jahre alt – konnte Adolf
bei der Stadtverwaltung mit seiner Lehre beginnen,
er war ‚**Stift**'!
Es gefiel ihm sofort, das war seine Welt!
Das Rathaus - der ‚Kotten' - sollte sein Lebensinhalt
werden.

Das Rathaus war ganz neu, der Innenhof mit Bronzefiguren bestückt, die Treppengeländer wunderbar geschmiedet, der Flur mit dem Sitzungssaal mit Marmor verkleidet, alle Türen aus wunderbarem Holz, es gab einen Paternoster....

Die ‚Stifte' wurden natürlich überall herumgeführt, dabei durften sie auch den Sitzungssaal bewundern. An der Kopfseite prangte ein riesengroßes Gemälde, extra für diesen Saal in Auftrag gegeben und angefertigt.

Der Künstler hieß Richard Guhr. Er malte den deutschen Parnass. Auf diesem Berg lebten angeblich die Musen, die Göttinnen der Künste. Unten im Bild sieht man Herkules als kleines Kind, der ein Buch, das Bochumer Wappenbuch, öffnet. Das ist der einzige Hinweis, dass das Bild etwas mit Bochum zu tun hat. Es erntete damals viel Kritik. Die Jugendlichen waren aber von dem Saal und der Ausstattung schwer beeindruckt, Adolf erzählte noch später von diesem Bild. Dieses Bild tauchte 2009 im Stadtarchiv wieder auf, Adolf hat es nicht mehr gesehen.

Ob es ihm immer noch gefallen hätte?

Doch wieder verdunkelte sich das Leben der Mehrings.
Diesmal waren keine unheilbaren Krankheiten schuld.
Und nicht nur ihr Leben würde sich grundlegend
verändern, sondern das Leben von ganz Deutschland.
Diesmal war es die Politik:
Hitler war an die Macht gekommen, hatte die
demokratischen Parteien hinweggefegt (Vater
Wilhelm war Zentrum-
Wähler) und baute seit
1933 seine
Terrorherrschaft auf.

Nach der Lehre musste
Adolf sofort in den
Arbeitsdienst nach
Lüdenscheid, danach
wurde er eingezogen als
Soldat, er musste in den
1939 begonnenen Krieg.
Adolf hatte Glück im
Unglück. Er kam in eine
technische Einheit,
diese Einheit musste
Funkstationen aufbauen.
Außerdem hatte er

einen Vorgesetzten, der keinen seiner Soldaten verlieren wollte. So wurden die jungen Leute durch Polen, Russland und dann nach Italien gescheucht.

Auf der Fahrt von Russland nach Italien begegneten sie der Einheit, in der Willi war. Aus einem Panzer winkte heftig ein junger Mann. Adolf war fest davon überzeugt, dass es Willi war. Es war das letzte Mal, dass er ihn sah.

Kurz vor seinem Tod hatte Willi noch an Adolf geschrieben, er machte sich solche Sorgen, weil er länger nichts von seinem kleinen Bruder gehört hatte.
Willi starb am 13.9.1942 kurz vor Stalingrad. Der Panzer wurde von einer Granate getroffen.

Er hatte am 18.6.1942 seine Jugendfreundin Maria Göllner (Mia) geheiratet. Die Nachricht muss für Mia furchtbar gewesen sein. Sie wusste, dass sie ein Baby erwartete. Vater Wilhelm schrieb einen erschütternden Brief an Adolf.

Bochum den 3. Oktober 1942

Lieber Adolf. Unseren gestrigen Brief wirst du hoffentlich
schon erhalten haben es ist ein schwerer Schlag der
uns getroffen hat. Hatten wir doch so große Hoffnung
auf Willi gesetzt und nun dieser Fall ich kann es
nicht fassen, daß es wahr sein soll. Frau Hüller
kam zu uns und sagte es Willi ist gefallen ich kann
dir nicht schildern wie mir geschah als ich mich dann
einigermaßen gefaßt hatte, bin ich zu Mia gegangen
aber es war schlimm kannst dir denken beide
hatten sich gern und da schlägt der unnatürliche
Krieg uns so eine Lücke nun ruht es schon
3 Wochen in fremder Erde und so weit von uns
und können nicht mal zum Ruheplatz sehen
was es für mich bedeutet weißt du wohl schon
ich habe schon immer daran gearbeitet wenn
dieser entsetzliche Krieg einmal vorüber wäre
dann sollte Willi sich selbständig machen dann
sollte er was von seinem Leben haben denn
bis jetzt hatte er noch nicht erst die Lehrzeit
dann die kurze Gesellenzeit dann der Arbeitsdienst
am Westwall Erdarbeiten die Ausbildung in
Elberfeld der russ. Feldzug mit seiner grimmigen Kälte
als dank der ausharrenden sollten die herausgezogen
werden und was wurde daraus der Marsch zur
Ukraine u. Stalingrad heute erhielt ich noch einen
Brief v. 12. Sept. wo er schreibt wir sind jetzt an der
Wolga und stoßen nach Süden vor tag drauf hat
ihn dann der Tod ereilt näheres ist mir noch unbekannt ich habe dann sofort als ich wieder nach Haus
kam an den Batt. Führer Hptm. Schmidt geschrieben

und darin gebeten er möge mir doch nähere Angaben machen
oder die Kameraden die mit Willi zusammen gewesen sind
damit beauftragen es ist schrecklich aber man muß
sich fassen damit man nicht zusammen klappt. Ich
bin in einer Art froh darüber als er im Urlaub war
hat er gebeichtet und kommuniziert und so wollen
wir hoffen, daß er bei seinem lieben Mütterlein und
Helmi im Himmel ist und dieser Trost macht einen
auch wieder stark. Willi schrieb auch noch im Brief
die schreibest ihm oft aber jetzt wachte er und machte
sich Sorge darum, daß wir etwas zugestoßen sei
und nun weil er nicht mehr bei uns und können
nicht wie schon erwähnt seine Ruhestätte sehen und so
wollen wir stark sein und recht fleißig für ihn beten.
Lieber Adolf schreibe auch so du kannst an Mia heute
Morgen bin ich mit ihr zum Gottesdienst gegangen und haben
uns Trost bei Mutter und Helmi gesucht zur Arbeit war
ich nur bis 8 Uhr ich konnte nicht mehr ist ist zu schwer
für mich ich werde doch hart in meinem Leben geprüft.
Nun mein lieber Adolf sei stark und empfange
von uns allen die herzl. Grüße ganz besonders

von deiner schwer getroffenen

Lieber Adolf! Ich will mich nur kurz fassen.
Ich wünsche dir alles Gute halte dich gesund
und sei auch allerherzlichst gegrüßt von deinem Bruder
Ludwig.

Luftfeldpost an Adolf Mehring in Breslau
3.10.1942

Lieber Adolf,
unseren gestrigen Brief wirst du hoffentlich schon erhalten
haben, es ist ein schwerer Schlag, der uns getroffen hat,
hatten wir doch so große Hoffnung auf Willi gesetzt und nun
dieser Fall, ich kann es nicht fassen, daß es wahr sein soll.
Heinz Göllner kam zu uns und sagte es: Willi ist gefallen, ich
kann dir nicht schildern, wie mir geschah. Als ich mich dann
einigermaßen gefaßt hatte, bin ich zu Mia gegangen, aber es war
schlimm, kannst du dir denken. Beide hatten sich so gern und da
schlägt der unmenschliche Krieg uns so eine Lücke, nun ruht er
schon 3 Wochen in fremder Erde und so weit von uns und
können nicht mal seine Ruhestätte sehen. Was es für mich
bedeutet, wirst du verstehen, ich hatte schon immer daran
gearbeitet, wenn dieser entsetzliche Krieg einmal vorüber
wäre, dann sollte sich Willi selbständig machen, dann sollte er
etwas von seinem Leben haben, denn bis jetzt hatte er noch
nichts, erst die Lehrzeit, dann die kurze Gesellenzeit. Dann der
Arbeitsdienst am Westwall Betonarbeiten, die Ausbildung in
Elberfeld, den russ. Feldzug mit seiner grimmigen Kälte, als
Dank des Ausharrens sollten die herausgezogen werden und was
wurde daraus. Der Marsch zur Ukraine und Stalingrad, heute
erhielt ich noch einen Brief vom 12.Sept. wo er schreibt, wir
sind jetzt an der Wolga und stoßen nach Süden vor. Tag drauf,
da hat ihn der Tod ereilt. Näheres ist mir noch unbekannt, ich
habe dann sofort, als ich wieder nach Hause kam, an den
Battr.Hptm. Schmidt geschrieben und darin gebeten, er möge

mir doch nähere Angaben machen oder die Kameraden, die mit Willi zusammen gewesen sind, damit beauftragen. Es ist schrecklich, aber man muß sich fassen, damit man nicht zusammenklappt. Ich bin in einer Art froh darüber, als er in Urlaub war, hat er gebeichtet und kommuniziert und so wollen wir hoffen, daß er bei seinem lieben Mütterlein und Helmi im Himmel ist und dieser Trost macht einen auch wieder stark. Willi schrieb auch noch im Brief, Du schriebest ihm oft, aber jetzt wartete er und machte sich Sorgen darum, daß Dir etwas zugestoßen sei und nun weilt er nicht mehr bei uns und können nicht wie schon erwähnt seine Ruhestätte sehen und so wollen wir stark sein und recht fleißig für ihn beten. Lieber Adolf, schreibe auch so Du kannst an Mia. Heute vorm. bin ich mit ihr zum Friedhof gegangen und haben uns Trost bei Mutter und Helmi gesucht. Zur Arbeit war ich nur bis 8 Uhr, ich konnte nicht mehr. Ist zu schwer für mich, ich werde doch hart in meinem Leben geprüft.

Nun, mein lieber Adolf, sei stark und empfange von uns allen die herzl. Grüße, ganz besonders
von Deinem schwer getroffenen
Vater

Viereinhalb Monate später, am 4.2.1943, kam Willis kleine Tochter Ursula auf die Welt.

Das nächste Jahr sollte auch nicht besser werden. Die Bomben fielen immer häufiger, die Leute verbrachten ganze Tage im Luftschutzkeller.
Der 4.11.44 brachte dann das Inferno für Bochum.
Fast die ganze Stadt wurde in Schutt und Asche gelegt,
1200 Menschen starben an diesem Abend,
70.000 wurden obdachlos.
Dazu gehörte Familie Mehring.
Die Wörthstraße gab es nicht mehr.
Nicht nur die Wohnungseinrichtung war zerstört, alle Fotoalben von Vater Wilhelm und damit Erinnerungen, die uns heute so interessieren würden, waren vernichtet.
Vater Wilhelm und Berni, der wegen seines verwachsenen Fußes nicht in den Krieg musste, zogen mit Adele zu Verwandten: Sie hießen Grosche.
Doch ein paar Monate später, am 18.4.1945, starb auch Adele, sie hatte noch nach ihrer Tochter Waltraud gesucht, die die Wirren des Krieges an die tschechische Grenze verschlagen hatten. Krank und

entkräftet kam sie wieder und erholte sich nicht mehr.

Irgendwann 1945 kam Adolf aus dem Krieg zurück nach Bochum, auch er zog bei Grosches unterm Dach ein.
Und Arbeit gab es im Rathaus genug!

Vater Wilhelm lernte seine dritte Frau kennen: Luise Schlegel. Sie war ebenfalls Witwe und hatte eine Tochter. Wilhelm zog zu ihr, die beiden Brüder hausten weiter bei Grosches unter dem Dach.

Der 20.6.1948 war der Tage der ‚**Währungsreform**'. Alle bekamen 40 Deutsche Mark! Die alte Reichsmark war damit abgeschafft. Adolf und Berni wunderten sich, wieso am nächsten Tag die Schaufenster der Geschäfte voll waren mit Waren, und das, wo dort gestern doch noch gähnende Leere geherrscht hatte!! Das fanden sie aber **seeeeehr** merkwürdig!!!

Inzwischen hatte sich eine Arbeitskollegin in Berni verliebt, die Gefühle wurden erwidert! Sie hieß Elisabeth Franke, aber alle nannten sie ‚Else'. Sie war eine Seele!

Ihre Eltern besaßen einen kleinen Kotten in der Nähe vom Lohring... und ab und zu gab es dort Fleisch! Ansonsten gab es ja nur Essen auf Essensmarken! Dann brachte sie heimlich ein Kotelett mit für die beiden jungen Männer, doch wie sollte man es braten, ganz ohne Fett? Sie hatten nämlich nichts! Also nahm Else das Kotelett wieder mit, briet es zuhause und kam diesmal mit einem gebratenen Kotelett! So war Else: Nichts war ihr zuviel, sie war immer fröhlich und freundlich.

Berni und Else heirateten am 13.11.1948. Ursula, die kleine Tochter vom gefallenen Bruder Willi, war ‚Engelchen'.

Doch auch Adolfs Leben veränderte sich: Im Personalamt fing 1948 eine junge Frau, die gerade die Handelsschule beendet hatte, als Stenotypistin an. Sie hieß Marianne Hansmann. Adolf mochte sie, sie mochte ihn.

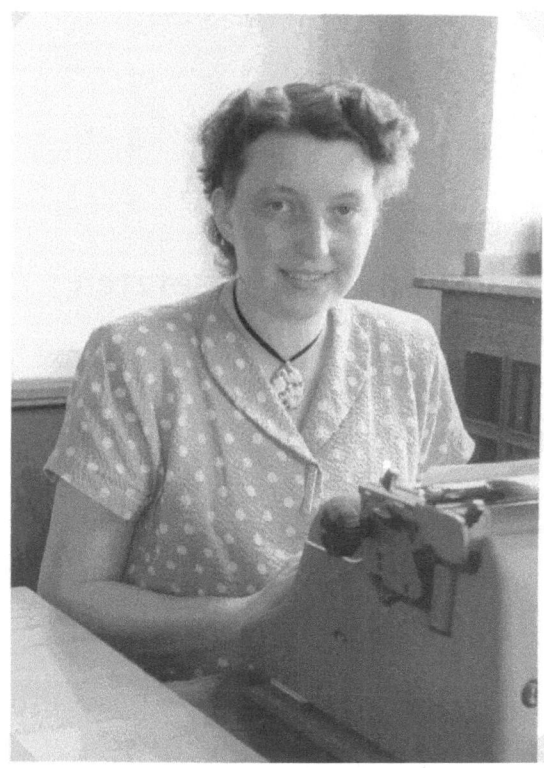

Zuhause erzählte sie so viel von ihrem Vorgesetzten, bis ihr Bruder Franz entnervt schrie: „Dann heirate ihn doch!" Den Rat des Bruders befolgte sie. Allerdings gingen bis dahin noch ein paar Jahre ins Land.

Im Frühjahr 1949 machte Adolf seine Inspektoren-Prüfung, der 1. Schritt in den ‚gehobenen Dienst' war getan.

Plötzlich und völlig unerwartet starb am 10.2.1951 Vater Wilhelm am Blinddarmdurchbruch. Die Verbindung zu seiner dritten Frau Luise wurde von Adolf nicht mehr aufrechterhalten, man war nie richtig warm miteinander geworden, die Zeiten waren zu hart, die Zeit durch die Entfernungen zu knapp, die eigenen Sorgen zu groß. Dafür rückten die beiden Brüder noch ein bisschen enger zusammen.

Irgendwann wurden bei Bekannten Zimmer frei, Else und Berni zogen zum Wagnerplatz 28, Adolf konnte in der Mansarde leben. Doch die Brüder planten weiter. Sehr zum Gespött der Arbeitskollegen wollte man in Bochum-Ümmingen bauen. In Eigenarbeit sollten schon mal die Baugruben ausgeschachtet werden. Doch danach verzögerte sich die Bautätigkeit, so dass die beiden Brüder von diesem Projekt Abstand nahmen. Berni sah sich in dem noch ländlichen Querenburg um, von der Stadtverwaltung wurde ein Bauvorhaben in Weitmar ausgeschrieben. 33.000 DM sollte ein Einfamilienreihenhaus kosten! Adolf wollte unterschreiben, doch um alle Zuschüsse zu bekommen (die dringend für diesen gewagten Plan nötig waren) musste erst geheiratet werden! Die standesamtliche Trauung fand am 23.2.1952 statt, zur Überraschung für das Hochzeitspaar spielte nach der Zeremonie im Nebenzimmer ein Quartett des städtischen Orchesters.

Am Tage unserer standesamtlichen Trauung 23.2.1952

Die kirchliche Trauung fand am 27.5.1953 statt, die Hochzeitsreise führte nach Grainau. Adolf hatte – wie auch sein Bruder Bernie – die Leidenschaft zu fotografieren geerbt, von dieser Reise (wie auch allen weiteren Urlauben) gibt es für die damalige Zeit viele Fotos.

Sie wurden alle liebevoll in ein Fotoalbum geklebt,
zusätzlich mit wunderschönen Tuschezeichnungen
verziert.

40

Als Ehepaar bekam man leichter eine Wohnung, schnell hochgezogene Häuser an der Gneisenaustr. boten vielen Leuten eine bescheidene Bleibe. Später hieß die Gneisenaustraße ‚Westring'. Das junge Paar wusste, dass der Westring 61 nur eine Übergangswohnung für sie sein würde.

Eigentlich wollte Marianne noch eine Weile mitverdienen, doch es kündigte sich ein Baby an. Am 24.7.1954 war es soweit:

Das Baby wollte nicht mehr warten und kam 3 Wochen zu früh auf die Welt:

Carola.

1. 9. 1954

Endlich war
das neue Haus
‚Im
Dohlenbruch'
fertig und man
konnte ans
Umziehen
denken. Am
31.8.1955 war
es soweit! Es
gab zwar noch
kein Licht und
kein heißes Wasser, aber irgendetwas funktioniert bei
Umzügen ja immer nicht sofort!

Im September 1955 war klar: Hier war ein Paradies für Kinder entstanden!

Familie Gewehr war noch nicht eingezogen. Am Ende der Häuserreihe wohnte Familie Hoffmann. Im Hintergrund kann man die ev. Matthäuskirche erkennen.

43

Am 28.11.1955 kam ‚Dölfi' zur Welt, nun war das ruhige, beschauliche Leben für Carola vorbei.

Viel Arbeit wurde in das kleine Haus und in den handtuchartigen Garten gesteckt. Adolf und Marianne versuchten, so viel wie möglich selbst zu machen, denn reich waren sie nicht und die Schulden für das Haus (auch wenn uns die Summe heute lächerlich erscheint) mussten bezahlt werden. Außerdem wollte man doch so gerne in Urlaub fahren und etwas von der Welt sehen.

Der erste Urlaub mit Kindern ging mit dem Bus in den Schwarzwald nach Hausach. Der Wirt des Gasthofes, in dem die Familie untergebracht war, wollte den von der Reise erschöpften Kindern etwas Gutes tun und pries seine ,Perle Würstle' an. In der Fantasie von uns beiden Kindern musste das ja wohl etwas ganz Großartiges sein, kostbar und wahrscheinlich nur im Schwarzwald erhältlich. Leider waren es nicht mit Perlen besetzte Würstchen, sondern einfach nur ein Paar Würstchen, also 2 Stück!

Hier sollte es auch geschehen, dass die lieben Kleinen ihre Eltern ausschlossen! Adolf und Marianne wollten noch einen Abendbummel machen, Carola und Dölfi sollten schon mal einschlafen. Das taten sie aber erst, nachdem sie das Türschloss verriegelt hatten! Als die Eltern wiederkamen, standen sie vor der verschlossenen Tür. Sie klopften und riefen, aber niemand öffnete! Die Kinder kannten natürlich das Märchen von den 7 Geißlein! Nein, so doof waren sie nicht!
Da konnte jeder kommen und so tun, als wären es Mama und Papa! So musste der Wirt mit einer Leiter durch das zum Glück auf Kippe gestellte Fenster einsteigen und die Tür von innen öffnen, sehr zum

46

Gaudi der anderen Gäste und der Nachbarn des Gasthofes.

Die Kinder gingen zur kath. Volksschule Nevelstr., sie hatten genau eine Minute Schulweg. Wie praktisch! Da beide Kinder gut lernten, gab es in dieser Generation überhaupt keine Diskussion, ob die Kinder zum Gymnasium gehen würden. Natürlich! So wurden sie an der Theodor-Körner-Schule angemeldet – wie alle Weitmarer Kinder.

Adolf arbeitete unverdrossen in seinem geliebten Rathaus im Personalamt. Die Aufgaben dort erfüllten ihn ganz und gar. Inzwischen war er auch 2mal befördert worden: Vom Oberinspektor zum Amtmann.

Karl Leifert   Bode   Melges
                       E. Kerstein   Lüneberg   Jahofer

*Zu Herbert Jahofer sagten Carola, Dolf und Georg
‚Onkel'.
Frau Kerstein hieß ‚Elka'.*

Im Hause Mehring zog nach und nach die Technik ein.
Adolf war eigentlich von der Technik begeistert, aber
er kaufte nie die ersten Modelle. Die ersten Modelle
mit den Kinderkrankheiten sollten andere kaufen! Er

48

wollte sein sauer verdientes Geld erst dann ausgeben,
wenn die Technik ausgereift war. Die einzige
Ausnahme wurde für die ‚Blagen' gemacht: Wir hatten
das erste Planschbecken in der ganzen Straße!
Das hatte natürlich zur Folge, dass der Sommer 1959
im Garten der Mehrings stattfand.

Für allen anderen Luxus musste ein gutes Argument her, um die Anschaffung zu rechtfertigen. So gab es dann erst eine halbautomatische Waschmaschine, die den entsetzlichen Waschtagen ein Ende setzte, ein Telefon, weil ja mal ein Unfall passieren konnte und einen Fernseher – man halte sich fest -, weil die Olympiade in Tokio anstand! Niemand aus unserer Familie hat sich jemals für Sport interessiert und niemand wird irgendeinen Wettkampf verfolgt haben! Aber Familie Mehring hatte einen Fernseher!
Natürlich in schwarz-weiß!
Eine vollautomatische Waschmaschine gab es erst 1975.

Das Telefon wurde, wenn niemand von den Erwachsenen in der Nähe war, sehr gerne für wunderbare Witzanrufe missbraucht. („Entschuldigen Sie bitte die Störung, die Post überprüft Ihre Leitung. Sagen Sie bitte 3mal ‚Gak!'" Leider verriet uns unser Gekicher allzuoft.)

Am 31.1.1966 veränderte sich das Leben von Adolf und Marianne noch einmal: Ein drittes Kind kam auf die Welt! Dieses Kind hatte es – im Gegensatz zu der großen Schwester – überhaupt nicht eilig! Im Gegenteil: Es musste per Kaiserschnitt geholt werden! Das Baby wurde Georg Wilhelm getauft. Marianne hatte erst Angst,

ob sie die viele Arbeit schaffen würde, weil inzwischen ihre Eltern schwer erkrankt waren.

Doch diese Bedenken zerstreuten sich schnell: Erstens war Georg pflegeleicht und zweitens erwiesen sich die älteren Geschwister als gute Babysitter.

Im Personalamt, dem geliebten, wo Adolf die Arbeit so viel Freude machte, wo man mit den Kollegen schöne Feste und Ausflüge gemacht hatte, gab es eine Veränderung: Es kam ein neuer Chef. Leider veränderte sich damit auch das Betriebsklima, Adolf und Herr Prior kamen nicht gut miteinander aus. Auf einmal musste Adolf das Personalamt Knall auf Fall verlassen, er wurde am 6.3.1967 Verwaltungschef des Schauspielhauses. Das, was sich für Außenstehende toll anhört, endete in einer Katastrophe. Intendant war zu der Zeit Hans Schalla (von 1949 bis 1972 leitete er das Schauspielhaus Bochum), zwei Welten begegneten sich! Auf der einen Seite der sich im Aufbruch in die Moderne befindende Theatermensch, impulsiv, verschwenderisch, sich in den Mittelpunkt stellend. Auf der anderen Seite der bedächtige, vorsichtige, sparsame, preußische Beamte… das konnte nicht gutgehen! Schalla schmiss in den Augen von Adolf das Geld zum Fenster raus, stellte Leute ein, die unter diesen Bedingungen nicht eingestellt werden konnten, Mehring behinderte durch Sparsamkeit in Schallas Augen die Kunst an und für sich!

Als Herr Schalla dann auch noch durch das Treppenhaus des Schauspielhauses:

'Mehring, das A........l.......!' gerufen hatte, war das Maß voll.

Adolf wechselte nach nur wenigen Monaten zum Steueramt. Hier war menschlich alles in Ordnung, mit Herrn Koch, seinem neuen Vorgesetzten verstand er sich gut. Doch die Arbeit wurde ihm zum ersten Mal zur Last, er rieb sich an ihr auf, die Arbeitsfreude war verloren.

Mit der verschwundenen Arbeitsfreude verschwanden auch die Namen der Kollegen aus dem Personalamt aus dem Leben der Kinder, genauso wie die heißbegehrten ‚Hasenbrote', die Adolf wieder mit nach Hause brachte, wenn er sie nicht in der Mittagspause gegessen hatte.

Erst im Dezember 1974 kehrte er ins Personalamt zurück: Er verwaltete die Krankenkasse und Beihilfestelle der Stadt Bochum.

Sehr spät gab es das erste Auto in der Familie.
Berni hatte schon früh den Führerschein gemacht und
ein Auto gekauft, die Mehrings in Weitmar fuhren
immer noch mit Bus und Bahn. Doch am 15.7.1974 war
es endlich soweit, Carola machte den Führerschein und
es wurde ein preiswertes Auto gekauft: Wie es sich
damals gehörte – einen Opel Kadett.

Kurze Zeit später machte auch Adolf seinen
Führerschein, er war ja inzwischen über 50 Jahre alt
und es fiel ihm nicht so leicht. Aber mit einem gelben
Golf-Automatik eroberten sich Adolf und Marianne
Mittel- und Süddeutschland!
Unzählige Fotoalben erzählen von ihren Reisen.

1977 stand das 40-jährige Dienstjubiläum an, im
Gegensatz zum 25-jährigen feierte Adolf nicht. Zuviel
Enttäuschendes war in der Zwischenzeit passiert.
1980 ging er als Verwaltungsrat in Pension. Trotz
allem konnte er sich nur schwer vom ‚Kotten' trennen,
aber irgendwann sah er ein, dass die Zeit endgültig
vorbei war.
Bei einem viel später stattfindenden Treffen mit
seinem alten Freund und Kollegen Herbert Jahofer,
der inzwischen Oberstadtdirektor geworden war,
sagte Herbert, dass er sehr viele schöne Sachen
erlebt und sehr viele interessante Menschen
kennengelernt habe, aber die schönste Zeit, das wäre
die Zeit im Personalamt gewesen.

Inzwischen studierten die beiden ‚großen' Kinder,
Carola wurde Grundschullehrerin, Dolf Sozialpädagoge.
Georg machte 1985 sein Abitur.

Dolf heiratete und Adolf und Marianne wurden Opa
und Oma:
Am 15.3.1983 wurde Hannah-Lena geboren,
am 7.6.1985 Jannis

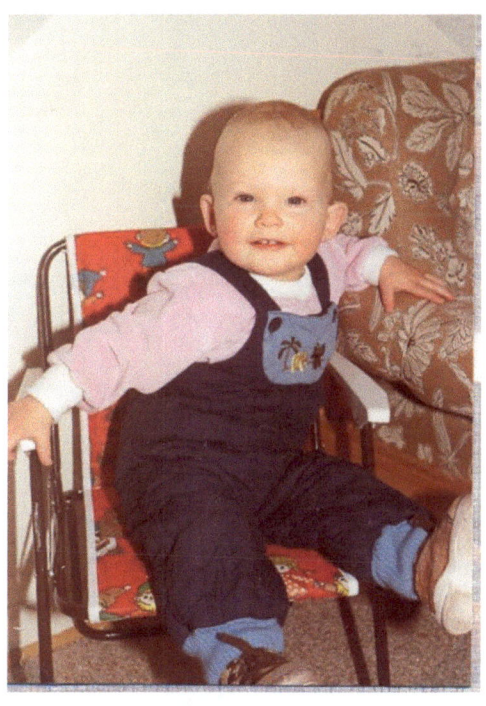 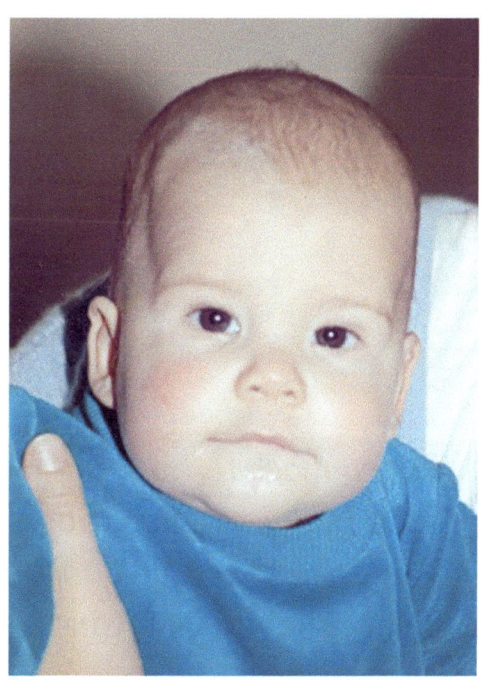

Georg machte eine Banklehre und ging für 1 ½ Jahre nach London. Adolf war stolz und glücklich, seine Kinder hatten das geschafft, was ihm durch die unglücklichen Umstände verwehrt worden war.

Auch sein Bruder Berni war inzwischen in Rente gegangen. Nun trafen die beiden Brüder sich jeden Mittwochmorgen, Berni war auf der Flucht! Nicht vor der Arbeit, nicht vor seiner geliebten Else, sondern

vor dem Umstand, dass am Mittwoch Elses Putzhilfe
kam! Also gingen die beiden Brüder durch die Stadt,
berieten sich gegenseitig beim Kauf von Fotomaterial,
ließen die Verkäufer bei ‚Brinkmann' in der
Foto-Abteilung bestimmt verzweifeln, fuhren in den
Ruhrpark und tranken Kaffee, erkundeten dies und
das. Jeden Mittwoch kam Adolf empört nach Hause,
Berni hatte doch wieder gegen Beamte gestichelt!
Doch bevor der nächste Mittwoch kam, hatte er
seinem Bruder in brüderlicher Liebe wieder verziehen
und die beiden zogen los, um dem Putzteufel, der in
Querenburg gerade wütete, gemeinsam zu entfliehen.

19.01.94

Doch dieses traute Brudertreffen endete unerwartet. Im Winter 1994 musste Else ins Krankenhaus und kam nicht mehr zurück. Alle waren fassungslos und sehr traurig. Sie hatte sich schon so auf ihren 70. Geburtstag gefreut! Berni war untröstlich. Sein sowieso schon schwaches Herz verkraftete diesen Verlust nicht, am 16.7 1994 starb auch er.

1995 feierte der Dohlenbruch sein 40-jähriges Bestehen! 40 Jahre lang hatte man in der kleinen Straße Freud' und Leid geteilt, man kannte sich gut, zu allen großen Ereignissen wurde auch ‚die Straße' eingeladen. Jetzt feierte man ein schönes Fest. Fast alle ‚Kinder' von damals kamen, es wurde ein Festzelt aufgebaut, die Autos mussten die Straße verlassen, Musik spielte, man redete von damals und spielte noch einmal – so wie früher – auf der Straße Völkerball! Die inzwischen alten Herrschaften guckten zu und hatten ihren Spaß. Hatten sie nicht die glückliche Kindheit möglich gemacht? Die Dohlenfahne (das Wort ‚Fahne' ist maßlos übertrieben) war natürlich dabei! Auf dieser Fahne sind alle Ereignisse der Straße eingestickt.

Im Dohlenbruch 7
Das Haus der Familie Mehring

Die Dohlenfahne existiert noch,
ist aber leider irgendwann nicht
mehr weiter bearbeitet worden.

61

1997 heiratete Georg, Enkel kamen erst Jahre später.
Adolf wurde langsam ungeduldig.
Doch am Tag, als Mariannes Geburtstag nachgefeiert
wurde, am 15.12.2001, kam Felix Maximilian!
Wieder ein paar Jahre später, am 20.05.2005
überraschte uns Charlotte Viktoria mit einem sehr
eiligen Auftritt. Sie hatte es wohl auf dieses schöne
Geburtsdatum abgesehen.

Felix

Charlotte

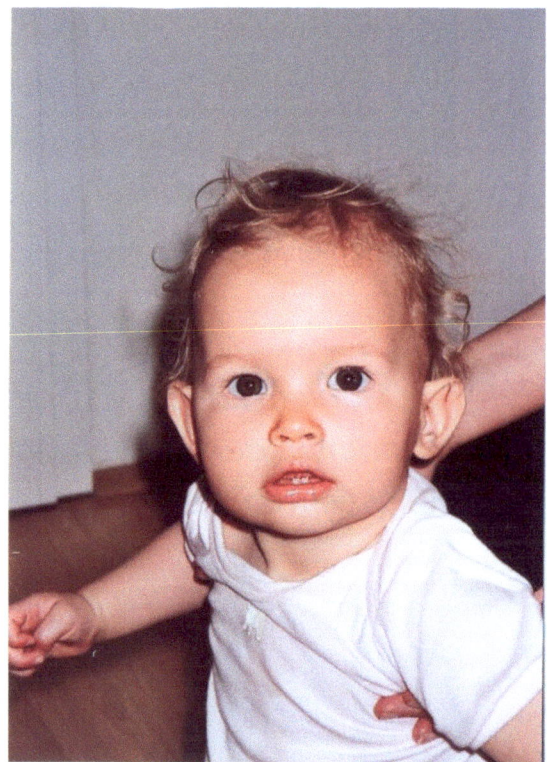

Inzwischen war Adolf 84 Jahre alt. Sein Verstand war völlig klar, aber er hatte Angst, vielleicht einmal nicht richtig zu reagieren und mit seinem Auto jemanden in Gefahr zu bringen. Schweren Herzens gab er das geliebte Töffchen ab. Es war natürlich eine Einschränkung des Bewegungsradius, was beiden, Marianne und ihm, sehr zu schaffen machte.

Abschied vom Auto 2006

So blieben ihm seine Zeitung, die Wirtschafts- und Politiksendungen im Fernsehen, die kleinen Gänge nach Weitmar und sein geliebter Garten. Ab und zu rauchte er auch genüsslich eine Zigarette, so, wie er es seit seinem 18. Lebensjahr getan hatte - das allerdings nicht zur Freude von Marianne!

In diesen letzten Jahren hatte ihm sein Arzt,
Tom Kröger, vorsichtig eröffnet, dass er ein
Bauchaortenaneurysma habe. Adolf wusste mit der
ihm eigenen Klarheit, dass er daran sterben würde.
Er sollte recht behalten.
Am Freitag, den 30.10.2009, platzte die Aorta, Adolf
wurde noch im Bergmannsheil operiert, aber es kam
ein Darminfarkt hinzu.
In der Nacht zum Sonntag, am 1.11.2009, starb er.

Blick von Adolfs Sessel auf die fast 60 Jahre alten
Rhododendron - Büsche und die beiden Keramik-Vögel,
die Berni ein paar Tage vor seinem Tod für Adolf
ausgesucht hatte.

Adolf war zum Schluss zufrieden mit seinem
Leben, mit dem was er erreicht hatte.
Er war stolz auf das Häuschen, sein
Lebenswerk. Er war glücklich, dass er seinen
Kindern all das ermöglicht hatte, was er nicht
wahrnehmen konnte.
Er hatte sich so auf sein Urenkelchen gefreut,
doch Maya hat er nicht mehr gesehen.
Sie wurde genau einen Monat später geboren.

Wir sind Papa sehr dankbar für alles, was er für uns getan hat.

Mit Mama zusammen hat er dafür gesorgt, dass wir ohne Sorgen aufgewachsen sind und die bestmögliche Ausbildung erhielten. Immer konnten wir mit seiner Unterstützung und Hilfe rechnen.

Seine große Freude im Alter war es, die Grundlagen für Glück und Zufriedenheit seiner Kinder geschaffen zu haben; seine Hoffnung war es, dass auch seine Enkelkinder von diesem Glück und dieser Zufriedenheit profitieren können.

Bücher

Diese Bücher sind bereits bei Books-on-Demand erschienen:

- Uropas Sicht der Dinge
- Mick Maus baut ein Haus
- Clara juckelt durch Europa
- Die wirklich und wahrhaftige Geschichte, wie die Kirche von Eppendorf zu 4 Kanonenkugeln kam
- Bilderbuch 1 Flora und Fauna
- Bilderbuch 2 Kinder und andere nette Leute
- Bilderbuch 3 Von Uelsen bis nach Ootmarsum
- Bilderbuch 4 Von Garrey bis nach Wittenberg
- Bilderbuch 5 44 Gründe, Sylt zu malen
- Im Bärenreich
- Wie kann sowas denn passieren?
- Bütterken! Bütterken!
- „Schmeckt nicht schlecht!", sagte Hieronymus
- Leise rieselt der Schnee
- Wir wollten mal auf Großfahrt geh'n
- Frühling lässt sein blaues Band...
  Die Serie soll fortgesetzt werden.
- Fritzis Bochum
- Stippvisiten bei Fritzi
- Fritzis Advent

- Zurück in Bochum
- Ein Mops lief in die Kirche
- „O nee, nä!", sagte Anton, der Maulwurf
- Mathilde, die mathematisch begabte Schnecke
- Wolli Wollkäfer und seine Bande
- Ist 's Mäuschen zu Haus?
- Lebensbilder Marianne Mehring
- Im Dohlenbruch
- Wer hat Angst vorm Topfgespenst?

Alle Bücher sind im Buchhandel, im Versandbuchhandel
oder beim Verlag www.bod.de erhältlich.
Inzwischen gibt es auch fast alle Bücher als E-Books.

2. Auflage (1. Auflage 2012)
© 2021, Carola Mehring
Herstellung und Verlag: BoD – Books on Demand,
Norderstedt
ISBN: 978 3754 3080 28